お医者さんを見にいった？

今日は
雨が大きいね

５日間、
ホテルに住んだの

漫畫版！

こんな日本語に
なっていませんか？

錯誤中
學習日語

バックホルツのいこ 著

収録80篇實用日常會話情境！
以四格漫畫方式
呈現學習者常犯的錯誤日語，
加深學習印象，
輕鬆導正日語知識！

私は家庭主婦です

うちには
鬼がいるの…

昨日は
デパートをごろごろしたよ！

大新書局　印行

はじめに

「今日は雨が大きいです」「日本語の文法は難しいだから大変です」「両方もいいです」…みなさんはこんな日本語を使っていませんか？

残念ながら、日本語学習者のみなさんが間違った日本語を使っていても、それを正しく直してくれる日本人は少ないように思います。

この本は、多くの日本語学習者が間違えと気づかず使い続けている例を集め、4コマ漫画にしたものです。間違った日本語表現が日本人には不自然に聞こえていたり、全く違う意味に聞こえていたりすることを「絵」を使って説明しています。また正しい使い方を紹介するとともに、応用表現や文法の復習、間違えやすい単語の区別の仕方なども掲載しています。

少しでもみなさんの日本語学習のお役に立てれば嬉しいです。

がんばってください

バックホルツのいこ

本書の使い方
ほんしょ　つか　かた
本書的使用方法

① ● スマホを連れてくる

② ③ ④

⑤ ⑥

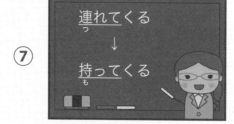

⑦

● ● ● 説明 ● ● ●
せつめい

「もの」には「連れてくる」
つ
ではなく「持ってくる／持っ
も　　　　　　　も
ていく」を使います。
つか

攜帶物品不說「連れてくる」，而
是「持ってくる／持っていく」。

◆**持ってくる／持っていく**◆
も　　　　　　　も

スマホ（もの）
手機（物品）

花（植物）
はな　しょくぶつ
花（植物）

◆**連れてくる／連れていく**◆
つ　　　　　　　つ

子供（人）
こども　ひと
小孩（人）

ペット（動物）
どうぶつ
寵物（動物）

①タイトル
標題

②吹き出し：頭の中で想像していること
對話框：腦中所想像的事

③よくある間違い
常見錯誤

④フラッシュ：心の声
效果線框：內心的話

⑤青文字：擬音語・擬態語・擬声語・副詞
藍字：擬音語、擬態語、擬聲語、副詞

⑥間違った日本語を聞いた時の日本人の頭の中
日本人聽見錯誤日語時的腦中想像

⑦間違いを修正
訂正錯誤

⑧説明と正しい使い方・補足説明
說明及正確的使用方式、補充說明

主な登場人物
主要登場人物

黄さん
こう

日本語を勉強中の女の子
にほんご べんきょうちゅう おんな こ

太郎くん
たろう

日本人で黄さんの友達
にほんじん こう ともだち

もくじ
目録

こんな日本語になっていませんか？
にほんご

漫畫版！

こんな日本語になっていませんか？

錯誤中學習日語

にぎりを食べる

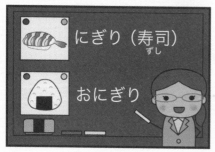

「にぎり」とは「にぎり寿司」のことです。男女関係なく「にぎり」「おにぎり」と区別して使われます。

「にぎり」指的是「にぎり寿司」。「にぎり（握壽司）」、「おにぎり（飯糰）」的使用區別不分男女。

◆寿司の種類◆

にぎり寿司
握壽司

軍艦巻き
軍艦壽司、軍艦卷

巻き寿司
海苔壽司卷

手巻き寿司
手卷壽司

トーストを買ってきて

どこに行くの？

コンビニだよ

じゃあ、トースト買ってきて！

焼いてある
もの？

！？

う～ん

トースト
↓
食パン／パン

説明

「トースト」とは焼いた食パンのことです。焼いていないものは「食パン」と言います。「パン」は総称ですのでどれにも使えます。

「トースト（烤吐司）」是指烤過的吐司。沒有烤過的稱作「食パン（吐司）」。「パン（麵包）」是總稱，無論哪種都可稱「パン」。

◆区別しましょう◆

食パン
吐司

トースト
烤吐司

菓子パン
夾心麵包

クロワッサン
牛角麵包

13

門を閉める
もん　し

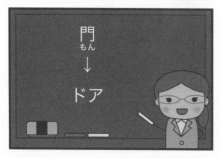

●●●● 説明 ●●●●
せつめい

「門」と「ドア」は意味が全く違
もん　　　　　　　　　　　　　　い　み　まった　ちが
います。区別して覚えましょう。
　　　　く　べつ　　　おぼ

「門」和「ドア」的意思完全不一樣。
記的時候要區別。

◆区別しましょう◆
く　べつ

家の門
いえ　もん
家的大門

学校の門（校門）
がっこう　もん　こうもん
學校大門（校門）

ドア
門

（コンビニの）自動ドア
じ　どう
（超商的）自動門

電車のドア
でんしゃ
電車的車門

トイレの味がする

どうしたの？

トイレの味がするから
食欲がなくなったの…

もぐ　もぐ　！？

味
↓
におい

● ● ● ● 説明 ● ● ● ●

「味」と「におい」は使い分けが
必要です。味覚で感じるものを
「味」、嗅覚で感じるものを「に
おい」と言います。

「味」和「におい」使用上必須有所區
分。味覺感受到的稱為「味」，嗅覺
感受到的稱為「におい」。

◆使い方◆

香水のにおい
香水的氣味

くさ～い

ゴミのにおい
垃圾的氣味

メロン味　いちご味　レモン味
哈密瓜口味　草莓口味　檸檬口味

まずい…

変な味がする
吃起來味道奇怪

15

● カフェを買ってあげる

● カフェを買っていく

「カフェ→お店」「コーヒー→飲み物」というように区別して覚えま
　　　みせ　　　　　　　　　の　もの　　　　　　　　　く　べつ　おぼ
しょう。

記的時候用「カフェ→店」、「コーヒー→飲料」的方式區別。

◆区別しましょう◆
　　　　く　べつ

カフェ

咖啡廳

コーヒー

咖啡

✖ コーヒーでカフェを飲む
　　　　　　　　　　　　の
⭕ カフェでコーヒーを飲む
　　　　　　　　　　　　の
在咖啡廳喝咖啡。

蚊の声（か こえ）

雨の声（あめ こえ）

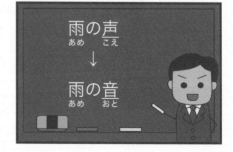

「声」とは、人や動物ののどから口を通って出る音のことです。虫の
場合は羽を使って出される音を「声」ということもありますが、ほ
とんどの場合は「音」と言います。

「声」是指人或動物透過喉嚨從嘴巴發出的聲音。昆蟲的話，振動翅膀發出的聲
音雖然有時候也説成「声」，但絕大多數的情況都稱作「音」。

◆「声」を使うもの◆

ママ〜

メェ〜

コケコッコ〜

ピヨピヨ

人
ひと
人類

動物
どうぶつ
動物

◆「羽を使って出される「音」（羽音）◆

プーン

プーン

蚊
か
蚊子

プーン

プーン

ハエ
蒼蠅

ミーン

ミーン

セミ
蟬

*せみの「ミーン」という音は羽を使っ
て出されるものですが、一般的に「セ
ミの声」と言います。

*蟬的「唧唧」聲雖然是翅膀發出來的，但一
般而言都稱作「セミの声」。

おしゃれなガラス

「ガラス」と「グラス」は使（つか）
い分けが必要です。
（ひつよう）
「ガラス」和「グラス」使用上必
須有所區別。

◆**区別しましょう**◆
　（く　べつ）

ガラス：材質
　　　（ざいしつ）
玻璃：材質

グラス…ガラス製のコップ
　　　　　　（せい）
玻璃杯：玻璃製的杯子

✕ 窓グラスが割れた
　（まど）　　　（わ）
◯ 窓ガラスが割れた
　（まど）　　　（わ）
窗玻璃破了。

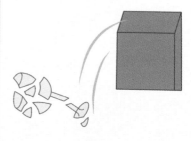

✕ ワインガラスが割れた
　　　　　　　　（わ）
◯ ワイングラスが割れた
　　　　　　　　（わ）
酒杯破了。

♣ 間違えやすい単語 「ガラス vs グラス」 ♣

ガラス：材質

玻璃：材質

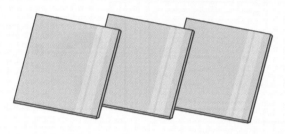

グラス：ガラス製のコップ

玻璃杯：玻璃製的杯子

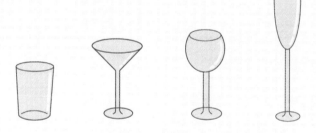

メガネ

眼鏡

サングラス

太陽眼鏡

日本語で「長靴」というと、一般的に雨具を指します。「ブーツ」は
にほんご　ながぐつ　　　　　　　　いっぱんてき　あまぐ　さ
多くの場合（特に女性ものにおいて）、ファッション性を重視してデ
おお　ばあい　とく　じょせい　　　　　　　　　　　　　　せい　じゅうし
ザインされた靴を指します。その他、スポーツに使用されるものも
　　　　　　　くつ　さ　　　　　　ほか　　　　　　　　しよう
「ブーツ」を使います。
　　　　つか
また「ピアス」は和製英語で「穴を開けてつけるイヤリング」とし
　　　　　　　　　　わせいえいご　あな　あ
て使われ、イヤリングとは区別して使用されます。
　つか　　　　　　　　　　　くべつ　　しよう

日語裡提到「長靴」，一般而言指的是雨具。「ブーツ」大多數的情況下（特別
是女性穿的）指的是重視時尚性 經過設計的靴子。此外 運動用品也會使用「ブ
ーツ」。
另外，「ピアス」是和製外來語，用來稱「打洞後戴的耳環」，和イヤリング會
區別使用。

◆区別しましょう◆
くべつ

長靴、レインブーツ　　　　　　　　　**ブーツ**
なが ぐつ
（水や泥から足を守る靴）　　　　　（防寒・ファッション）
みず　どろ　　あし　まも　くつ　　　　　　　ぼうかん
長靴、雨靴　　　　　　　　　　　　　　靴子
（保護腳不碰到水或泥土的鞋子）　　　　（防寒、時尚）

　　イヤリング　　　　　　　**ピアス**
　　　　　　　　　　　（穴を開けてつけるもの）
　　　　　　　　　　　　あな　あ
　　夾式耳環　　　　　　　　耳針式耳環
　　　　　　　　　　　（打洞後戴的耳環）

手作りうどん
てづく

先週
四国へ行ったの
せんしゅう しこく い

へえ！いいな〜

四国はどうだった？
しこく

手作りうどんが
てづく
とても美味しかったよ
おい

う〜ん…

手作りうどん
てづく
↓
手打ちうどん
てう

●●●● 説明 ●●●●
せつめい

機械を使わずに手作業のみて
きかい つか てさぎょう
麺類（うどん・そば・ラーメ
めんるい
ン・パスタなど）を作ること
つく
は「手作り」ではなく「手打ち」
てづく てう
と言います。
い

不使用機械，只以純手工製作的麵
類（烏龍麵、蕎麥麵、拉麵、義
大利麵），不叫「手作り」，而稱作
「手打ち」。

◆手打ち◆
てう

こねる

揉、和（麵團等）

のばす

擀（麵團）

切る
き

切

24

♣ 間違えやすい単語 「手打ち vs 手作り」 ♣

手打ち：機械を使わないで麺類を作ること

手擀：不使用機械製作麵類。

手打ちそば
手擀蕎麥麵

手打ちうどん
手擀烏龍麵

手打ちラーメン
手擀拉麵

手作り：お店で買わずに自分で作ること

手工製：不在商店購買而是自己製作。

手作りクッキー
手工餅乾

手作りパン
手工麵包

手作りバッグ
手工包包

手作りのアクセサリー
手工飾品

うちの厨房は狭い

すごくいいよ！

新しい家はどう？

でも、厨房がちょっと狭いの

厨房？

レストラン！？

じゃ～ん

厨房
↓
キッチン／台所

26

◆部屋の種類◆
へや　　しゅるい

リビング（ルーム）／居間
い　ま

客廳

ダイニング（ルーム）

飯廳

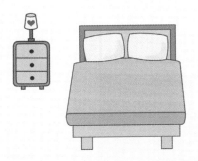

ベッドルーム

寝室

● ハンバーグをください

お腹空いた…

いらっしゃいませ

??

ハンバーグをください

ハンバーガーのことですね？

えっ？

ハンバーグ
↓
ハンバーガー

●●● 説明 ●●●
せつめい

ハンバーグとハンバーガーで
は意味が違ってきます。
いみ　ちが

漢堡排與漢堡的意思不同。

◆区別しましょう◆
くべつ

ハンバーガー

漢堡

肉（パティと呼ばれる）・チーズ・
にく　　　　　よ

レタス・トマトなどをパン（バン

ズと呼ばれる）ではさんだもの

將肉（絞肉餅）、起司、萵苣、番茄等
用麵包（小圓麵包）夾起的食物。

ハンバーグ（ステーキ）

漢堡排

ひき肉・玉ねぎ・卵・パン粉を
にく　たま　　たまご　　こ

こねて焼いた料理
やく　　りょうり

將絞肉、洋蔥、雞蛋、麵包粉和在一起
後煎成的料理。

◆ファストフードメニュー◆

フライドポテト

薯條

ナゲット

雞塊

フライドチキン

炸雞

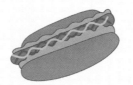

ホットドッグ

熱狗麵包

アメリカンドッグ

美式炸熱狗

フランクフルト

熱狗、法蘭克福香腸

黄色いわさび
きいろ

黄色いわさびを
きいろ
ください

からしのことですね？

えっ？

黄色いわさび
きいろ
↓
からし

味はよく似ていますが、黄色い
あじ　　に　　　　　　　　きいろ
ものは「からし」、緑色のものは
みどりいろ
「わさび」と言います。材料も違
い　　　　　ざいりょう　ちが
い、つける料理も違います。
りょうり　ちが

味道雖然相像 但是黄色的稱為「か
らし」，綠色的稱為「わさび」。原
料不同，沾的料理也不同。

◆からしとわさびの違い◆
ちが

からし
芥菜子粉

色：黄色
いろ　きいろ
つける料理：おでん・シューマ
りょうり
　　　　　　　イ・とんかつなど

顔色：黄色
沾的料理：關東煮、燒賣、炸猪排等

わさび
山葵

色：緑色
いろ　みどりいろ
つける料理：寿司・刺身・
りょうり　すし　さしみ
　　　　　　　ざるそばなど

顔色：綠色
沾的料理：壽司、生魚片、
　　　　　　竹簍蕎麥麵等

♣ 間違えやすい単語 「からし vs わさび vs マスタード」 ♣

からし：黄色。「和がらし」とも呼ばれ、和食や中華によく合う

芥菜子粉：黃色。也被稱為「和がらし」，適合搭配日式料理或中華料理。

とんかつ
炸豬排

納豆
納豆

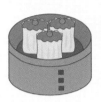

シューマイ
燒賣

わさび：緑色。からしとは材料が違う。和食に合う

山葵：綠色。和芥菜子粉的原料不同。適合搭配日式料理。

寿司
壽司

刺身
生魚片

ざるそば
笊籬蕎麥麵

マスタード：黄色。「洋がらし」とも呼ばれ、洋食によく合う

芥末：黃色。也被稱為「洋がらし」，適合搭配洋食。

ホットドッグ
熱狗麵包

ハンバーガー
漢堡

ナゲット
雞塊

よだれがでる

レモンのことを考えただけで
よだれがでるの

レモンが大好きなんだね…

えっ？

全然好きじゃないよ～

？？

よだれ
↓
つば

●●●●説明●●●●

酸っぱいものを思い浮かべた
時に、口の中にでる唾液は「よ
だれ」ではなく、「つば」が
でるといいます。

想到酸的東西時，嘴巴裡出現的
唾液不叫做「よだれ」，而叫做「つ
ば」。

◆酸っぱいもの◆

レモン

檸檬

梅干し

梅干

酢

酢

醋

♣ 間違えやすい単語 「よだれ vs つば」 ♣

一般的に、口の中でつくられる唾液のことを「つば」と言い、それが無意識の間に口の外に垂れたものを「よだれ」と言います。また、意識的に外にだしたものは「つば」と言われます。

一般而言，嘴巴裡產生的唾液稱為「つば」，不知不覺地流出嘴巴的稱為「よだれ」。另外，故意吐出嘴巴的稱為「つば」。

（酸っぱいものを見ると）
つばがでる

（看到酸的東西時）
流口水

つばを吐く
吐口水

よだれがでる
流口水

よだれがでる
流口水

よだれがでる
流口水

つばが飛ぶ（＊）
噴口水

＊意識的にだしたものではありませんが、この場合は「つば」と言います。

＊雖然不是刻意吐出的，但此情況也稱為「つば」。

33

鬼があるようだ
おに

どよ～ん

どうしたの？

うちには鬼があるようなの…
おに

！？

う～ん

鬼があるようだ
おに
↓
オバケがいるようだ

●●●●説明●●●●
せつ めい

「鬼」と「オバケ／幽霊」は区
おに   ゆうれい く
別して使用されます。また、
べつ しよう
鬼やオバケには「いる」を使
おに   つか
います。

「鬼」和「オバケ／幽霊」在使用上有
區別。另外，鬼或幽靈要用「いる」。

◆区別しましょう◆
く べつ

鬼
おに
鬼

オバケ／幽霊
ゆうれい
幽靈

◆「いる」を使用◆
し よう

人   動物
ひと   どうぶつ
人類   動物

◆「ある」を使用◆
し よう

植物   もの
しょくぶつ
植物   物品

自由恋愛
じゆうれんあい

ラブ ラブ ラブ

結婚35年目
けっこん ねんめ

僕の両親は
ぼく りょうしん
お見合い結婚なんだ
みあ けっこん

へえ～

うちは自由恋愛だよ
じゆうれんあい

う～ん…

自由恋愛？
じゆうれんあい

自由恋愛
じゆうれんあい
↓
恋愛結婚
れんあいけっこん

●●●● 説明 ●●●●
せつめい

「お見合い結婚」に対して、恋
愛から、結婚に進むものは
あい けっこん すす
「恋愛結婚」と言います。
れんあいけっこん い

相對於「お見合い結婚」，由戀愛進
展到結婚的說法是「恋愛結婚」。

◆区別しましょう◆
くべつ

結婚しよう！
けっこん

うん

彼女　　　　　彼氏
かのじょ　　　かれし
女朋友　　　　男朋友

恋愛結婚
れんあいけっこん
戀愛結婚

恋愛から始まって結婚すること
れんあい はじ けっこん
由戀愛開始的婚姻。

はじめまして　　はじめまして

見合い結婚
みあ けっこん
相親結婚

第三者に紹介された者同士が会い、
だいさんしゃ しょうかい ものどうし あ
結婚に進むこと
けっこん すす
雙方由第三者介紹而見面，進展到結婚。

デザート

お腹がすいた…

きゅるるる

ぐぅ~ぐぅ~

僕も…

あ、そうだ！

……

ぽんっ

私、デザートを持っているの！

ごはん まだだよ…

デザート
↓
お菓子／スイーツ

●●●● 説明 ●●●●
せつめい

「デザート」とは食後に食べる
甘いものやフルーツのことで
す。また、「スイーツ」とは一
般的に洋菓子全般を指します。
「デザート」是指飯後吃的甜食或
水果。另外，「スイーツ」一般泛
指各種西式甜點。

◆色々なスイーツ◆

シュークリーム

泡芙

ロールケーキ

蛋糕巻

ゼリー

果凍

プリン

布丁

うつ（鬱）なの…

どよ～ん

どうしたの？

私、うつなの…

毎日雨だし

大丈夫？病院に行った？

？？

おろ

おろ

うつ（鬱）

↓

憂うつ（憂鬱）

●●●説明●●●

単に「うつ（鬱）」というと、ほとんどの場合は精神障害である「うつ病」のことを指します。気持ちが晴れ晴れとしない状態は「憂うつ」と言います。

單只說「うつ（鬱）」的話，絕大多數情況都是指精神病「うつ病（憂鬱症）」。心情鬱悶不開朗的狀態稱為「憂うつ（憂鬱）」。

◆区別しましょう◆

憂うつだな…

うつ（病）のようですね

……

37

説明
せつめい

「聴力」とは音を聞き取る能力
ちょうりょく　　おと　き　と　のうりょく
のことです。試験での聞き取り
しけん　　き　と
は「リスニング」または「聴
解」といいます。「ヒアリング」
かい　　　　　　　　　　ちょう
「聞き取り」ともいいます。
き　と

「聴力」意指聲音的收聽能力。考
試的聽力稱為「リスニング」或「聽
解」。也可稱為「ヒアリング」、「聞
き取り」。

◆区別しましょう◆
く　べつ

聴力検査
ちょうりょくけんさ
聽力檢查

リスニングの試験
しけん
聽力測驗

家庭主婦
か てい しゅ ふ

僕のお母さんは
医者なんだ〜

すご〜い

うちのお母さんは
家庭主婦だよ〜

う〜ん…

家庭主婦
か てい しゅ ふ
↓
主婦／専業主婦
しゅ ふ　せんぎょうしゅ ふ

◆ 色々な職業 ◆
　いろいろ　しょくぎょう

弁護士
べん ご し
律師

客室乗務員／
きゃくしつじょう む いん
キャビンアテンダント／
CA
シーエー
空服員

シェフ

主廚

宇宙飛行士
う ちゅう ひ こう し
太空人

39

女の子
おんな こ

学校の先生は
どんな人なの？

男の先生？

やさしい女の子だよ～

女の子？

にほんご

ぷぷぷ

う～ん

!?

女の子
おんな こ

↓

女の先生
おんな せんせい

●●●● 説明 ●●●●
せつめい

「女の子」とは一般的に「女性の子供・女児」を表します。「若い女性」という意味でも使用されますが、目上の人や年上の人に対して使うと失礼にあたることもあります。

「女の子」一般意指「女性孩童、女孩子」。雖然也會作為「年輕女性」的意思使用，但有時對輩分較自己高或年長者使用很失禮。

◆使い方◆
つか かた

女の子
おんな こ
女孩子

女の先生
おんな せんせい
女老師

女性店員／女性社員
じょせいてんいん じょせいしゃいん
女性店員／女性職員

小腹が太った
こばら ふと

10年前

元気がないね…
げんき

はぁ～

どうしたの？

最近、小腹がすごく太ったの…
さいきん こばら ふと

小腹？
こばら

小腹
こばら
↓
下腹／下っ腹
したばら した ばら

●●●●説明●●●●
せつめい

「小腹」は「お腹が少し～だ」
こばら なか すこ
という時に使います。
とき つか

「小腹」使用於「お腹が少し～だ」
的時候。

◆使い方◆
つか かた

小腹がすいたなぁ～
こばら
↓
＜意味＞少しお腹がすいた
いみ すこ なか
〈意思〉肚子有一點餓。

小腹が痛いなぁ～
こばら いた
↓
＜意味＞少しお腹が痛い
いみ すこ なか いた
〈意思〉肚子有一點痛。

＊「小腹が痛い」より「お腹が痛
こばら いた なか い
い」という方が一般的です。
ほう いっぱんてき

＊比起「小腹が痛い」，「お腹が痛
い」才是較為一般的說法。

41

私は問題があるの
わたし　もんだい

どうしたの？

うーん…

私は問題があるの…
わたし　もんだい

う～ん…

イライラしたらこれ！

！？

ぶるぶる

問題
もんだい
↓
質問
しつもん

● ● ● **説明** ● ● ●
せつめい

不明なことを相手に聞くことを
ふめい　　　　　　あいて　き
「質問」、何か困ったことや解
しつもん　なに　こま　　　　　かい
決しなければいけないことは
けっ
「問題」と言います。
もんだい　い

詢問不懂的事稱為「質問」，有困
擾或必須解決的事稱為「問題」。

◆ **使い方** ◆
つか　かた

質問があります！
しつもん

質問してもいいですか？
しつもん

環境問題
かんきょうもんだい
環境問題

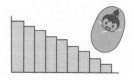

少子化問題
しょうしか　もんだい
少子化問題

42

宇宙人
うちゅうじん

小さい頃は、先生に
なりたかったんだ～

へぇ～

私は宇宙人になりたかったの

宇宙人？
うちゅうじん

!?

宇宙人
うちゅうじん
↓
宇宙飛行士
うちゅうひこうし

● ● ● 説明 ● ● ●
せつめい

「宇宙人」と「宇宙飛行士」
うちゅうじん　　うちゅうひこうし
は全く意味が違います。また
まった　いみ　ちが
宇宙人は「エイリアン」とい
うちゅうじん
うこともできます。

「宇宙人」和「宇宙飛行士」的意
思完全不同。另外，外星人也可稱
為「エイリアン」。

◆区別しましょう◆
くべつ

宇宙飛行士
うちゅうひこうし
太空人

宇宙人／エイリアン
うちゅうじん
外星人

UFO
ユーフォー
幽浮

＊「ユーエフオー」ではなく「ユー
フォー」と発音します。
はつおん
＊發音不是「ユーエフオー」，而是「ユ
ーフォー」。

43

● 汽車で北海道へ行った
きしゃ　　ほっかいどう　い

先週北海道へ行ったの
せんしゅうほっかいどう　い

へえ、いいなぁ～

今回は汽車で行ったんだよ！
こんかい　きしゃ　い

汽車？
きしゃ

もく

もく

ポッ
ポー

!?

シュッ

シュッ

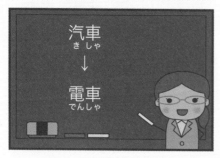

汽車
きしゃ
↓
電車
でんしゃ

● ● ● 説明 ● ● ●
せつめい

「汽車」とは蒸気機関車（SL）
きしゃ　　　じょうき きかんしゃ　エスエル
のことです。

「汽車」指的是蒸汽火車（steam
locomotive）。

◆区別しましょう◆
くべつ

汽車／蒸気機関車
きしゃ　じょうき きかんしゃ
蒸汽火車

電車
でんしゃ
電車

新幹線
しんかんせん
新幹線

お花見
はなみ

「お花見」とは、ほとんどの
場合、桜の花を見て楽しむこ
ばあい さくら はな み たの
とを指します。ですから日本
に ほん
ではお花見のシーズンといえ
はな み
ば3〜4月となります。
さん しがつ

「お花見」絕大多數情況都是意指
賞櫻花。因此在日本，提到賞花的
季節，就是3〜4月。

◆花の種類◆
はな しゅるい

桜
さくら
櫻花

チューリップ
鬱金香

ひまわり
向日葵

バラ
玫瑰

45

● "さけ"をください　　● とうもろこしのお寿司

説明
せつめい

「鮭＝サーモン（英語）」「とうもろこし＝コーン（英語）」「マグロ＝
ツナ（英語）」ですが、場面によっては使い分けが必要になることが
あります。

雖然「鮭＝サーモン（英語，鮭魚）」、「とうもろこし＝コーン（英語，玉米）」、
「マグロ＝ツナ（英語，鮪魚）」，但還是必須依情況區分使用。

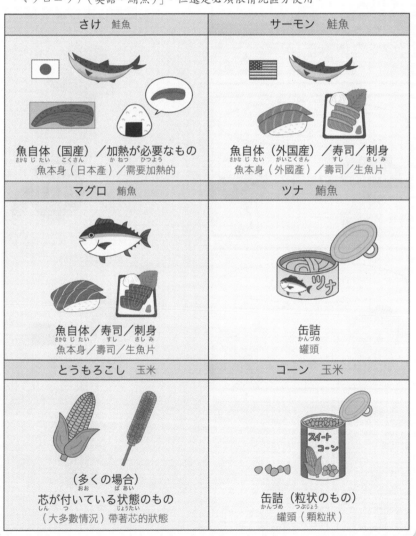

さけ 鮭魚	サーモン 鮭魚
魚自体（国産）／加熱が必要なもの 魚本身（日本產）／需要加熱的	魚自体（外国産）／寿司／刺身 魚本身（外國產）／壽司／生魚片
マグロ 鮪魚	**ツナ 鮪魚**
魚自体／寿司／刺身 魚本身／壽司／生魚片	缶詰 罐頭
とうもろこし 玉米	**コーン 玉米**
（多くの場合） 芯が付いている状態のもの （大多數情況）帶著芯的狀態	缶詰（粒状のもの） 罐頭（顆粒狀）

47

● しょうがをください

からっぽ

すみません、
しょうがをください

ニコニコ

ガリのことですね？

えっ？

しょうが
↓
ガリ

●●● **説明** ●●●
せつめい

「しょうが」は場面や料理に
　　　　　　　ばめん　りょうり
よって呼び方が変わります。
　　よ　かた　か
「しょうが」會依場合或料理而改
變稱法。

◆**区別しましょう**◆
　く　べつ

しょうが
生薑

ガリ
甜醋醃漬的薑片

紅しょうが
べに
紅薑

ジンジャークッキー
薑餅

◆お寿司屋さんで使われる寿司用語◆
<ruby>寿司屋<rt>すしや</rt></ruby>さんで<ruby>使<rt>つか</rt></ruby>われる <ruby>寿司用語<rt>すしようご</rt></ruby>

シャリ

（寿司飯）
<ruby>寿司飯<rt>すしめし</rt></ruby>
醋飯

ネタ

（寿司の材料）
<ruby>寿司<rt>すし</rt></ruby>の<ruby>材料<rt>ざいりょう</rt></ruby>
壽司的材料

ガリ

（しょうがの甘酢漬け）
<ruby>甘酢漬<rt>あまずづ</rt></ruby>け
甜醋醃漬的薑片

あがり

（お茶）
<ruby>茶<rt>ちゃ</rt></ruby>
茶

鉄火巻き
<ruby>鉄火巻<rt>てっかま</rt></ruby>き

（マグロの赤身の巻き寿司）
<ruby>赤身<rt>あかみ</rt></ruby>の<ruby>巻<rt>ま</rt></ruby>き<ruby>寿司<rt>ずし</rt></ruby>
鐵火卷
（包鮪魚紅肉的海苔壽司卷）

かっぱ巻き
<ruby>巻<rt>ま</rt></ruby>き

（きゅうりの巻き寿司）
<ruby>巻<rt>ま</rt></ruby>き<ruby>寿司<rt>ずし</rt></ruby>
小黃瓜卷
（包小黃瓜的海苔壽司卷）

気持ちが悪い
きも わる

ど、どうしたの？

友達とケンカして気持ちが悪い…
ともだち きも わる

気持ち悪い？
きも わる

おえ～ おえ～

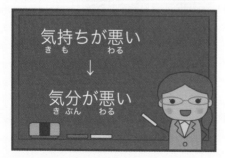

気持ちが悪い
きも わる
↓
気分が悪い
きぶん わる

「気持ち（が）悪い」は以下
きも わる いか
のような場合に使います。
ばあい つか

「気持ち（が）悪い」使用於下述的
狀況。

◆**使い方**◆
つか かた

① 吐きたい時
は とき
想吐的時候

② 見たり触ったりした時の感じ
み さわ とき かん
がよくない時
とき
看到或摸到而感覺不舒服的時候

気持ち悪いっ
きも わる

③ 言いたいことが言えなかっ
い い
たり何かを思い出せない時
なに おも だ とき
説不出想説的事或想不起某件事
的時候

気持ち悪い…
きも わる

50

♣ 間違えやすい単語 「思い出す vs 思いつく」 ♣

思い出す：過去のことや忘れていたことを心に思い浮かべる

想起來、憶起：內心想起往事或忘記的事。

若かった頃を思い出す
想起年輕的時候

あの子の名前が思い出せない
想不起那個女孩的名字

思いつく：考えやアイデアが出る

想出、想到：想到想法或點子。

いいことを思いついた！
想到了好點子！

セレブ

花子ちゃん
(はなこ)

花子ちゃんは
(はなこ)
セレブなんだよ～

へえ～

じゃあ
サインをもらわなきゃ！

どうして？

セレブ
↓
お金持ちのこと
(かね も)

●●●● 説明 ●●●●
(せつめい)

「セレブ」には有名人・著名人
(ゆうめいじん)(ちょめいじん)
という意味がありますが、日本
(に ほん)
語では多くの場合「お金持ち」
(ご)(おお)(ば あい)(かね も)
という意味で使用されます。
(い み)(し よう)

「セレブ」雖然也有名人的意思，
但在日語中大多情況意指「お金持
ち（有錢人）」。

◆使用例◆
(し ようれい)

セレブ生活
(せいかつ)
有錢人生活、貴婦生活

◆応用◆
(おうよう)

海外の著名人を表す場合は
(かいがい)(ちょめいじん)(あらわ)(ば あい)
「海外セレブ」という表現が
(かいがい)(ひょうげん)
使われることもあります。
(つか)

有時候會用「海外セレブ」來指外
國的名人。

Hello～

パシャ
パシャ

海外セレブ
(かいがい)
外國名人

♣ 口語形の復習　「なきゃ」「なくちゃ」「てる」♣
こうごけい　ふくしゅう

① 〜なきゃ＝〜なければ　必須〜

宿題をしなきゃだめよ！
しゅくだい

はい…

N1
合格
ごうかく

絶対に合格しなきゃ
ぜったい　ごうかく

② 〜なくちゃ＝〜なくては　必須〜

しっかり勉強しなくちゃ
べんきょう

ダイエットしなくちゃ…

③ 〜てる＝〜ている　正在〜

スープをつくってるの

何をしてるの？
なに

♣口語形の復習「とく」「たって」「とこ」♣

④〜とく／〜どく＝〜ておく／〜でおく　事先做好〜

パーティー用の
ジュースを買っときました

じゃあ、準備をしとけ

＊「〜とけ＝〜ておけ（命令形）」男性が使用

＊「〜とけ＝〜ておけ（命令形）」為男性使用。

⑤〜たって／〜だって〜＝〜ても／〜でも　就算〜

泣いたって許さないよ

急いだって間に合わないよ

⑥〜とこ＝〜ところ　〜的地方／正當〜的時候

友達のとこに行ってくる

何をしてるの？

宿題をしているとこだよ

♣口語形の復習 「って」♣

⑦〜って＝〜と [引用] （引用）

私は黄って言います

「ありがとう」は中国語で
「謝謝」って言います

⑧〜って＝〜は [主題] ／〜とは [定義] （主題／定義）

N2の文法って難しい…

コンビニって
コンビニストアのことよ

⑨Nって N ＝ N という N　叫做N的N

山田さんって人から
電話があったよ〜

ムンクって画家を知っている？

アイスを食べる

暑いね〜

えっ？

アイスを食べよう！

おいしい〜

「アイス」とは…

アイスクリーム

のこと

●●●● 説明 ●●●●

日本語で「アイス」とはアイスクリームの略です。英語の「ice」は「氷」と言いましょう。

日語的「アイス」為「アイスクリーム（冰淇淋）」的略稱。英語的「ice」稱為「冰塊」。

◆区別しましょう◆

アイス（クリーム）

冰淇淋

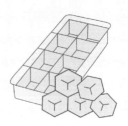

氷

冰塊

かき氷

刨冰

● スマートになりたい

> もっと
> スマートになりたい…

> 女の子に
> モテたい

> 毎日勉強したら大丈夫だよ！

> がんばって！

スマート：

（体が）細くて

格好がいい

● ● ● 説明 ● ● ●

「スマート」には「賢い／頭
がいい」という意味もありま
すが、日本語ではほとんどの
場合「体つきが細い」という
意味で使用されます。

雖然「スマート」也有「賢い／頭
がいい（聰明）」的意思，但在日
語中大多數情況用來表示「身材苗
條」。

◆使い方◆

彼女はスマートだ／
彼女は細い
她很瘦。

彼女は頭がいい／
彼女は賢い／
彼女は勉強ができる
她很聰明。

57

スタイルがいい

新しい
あたら
ワンピース

スタイルがいいね〜

おしゃれじゃないよ〜

セールで
買ったんだよ
か

スタイル
↓
体型のこと
たいけい

●●●● 説明 ●●●●
せつめい

「スタイル」には「服装・髪型」と
ふくそう かみがた
いう意味もありますが、多くの場
いみ おお ば
合「スタイルがいい／悪い」とい
あい わる
うと「体つき・体型」を表します。
からだ たいけい あらわ

「スタイル」雖然也有「服装・髪型
（服裝、髮型）」的意思，但說「ス
タイルがいい／悪い」的時候通常意
指「体つき・体型（身材、體型）」。

◆使い方◆
つか かた

①服装について言う時
ふくそう い とき
意指服裝時

彼女はおしゃれだ／
かのじょ
彼女はスタイリッシュだ／
かのじょ
彼女はファッショナブルだ
かのじょ

她很時髦。

②体型について言う時
たいけい い とき
意指體型時

彼女はスタイルがいい／
かのじょ
彼女はスマートだ
かのじょ

她身材好。

マッサージはかゆい？

> おはよう〜
>
> 週末は何したの？
> しゅうまつ なに

> マッサージに行ったよ〜
> い
>
> いいね〜

> でも少しかゆかったよ
> すこ
>
> う〜ん
>
> かゆい？

かゆい
↓
くすぐったい

●●●● 説明 ●●●●
せつめい

「かゆい」と「くすぐったい」は全く違う意味です。使われる場面も異なります。
まった ちが いみ つか
ばめん こと

「かゆい（癢）」和「くすぐったい（癢）」的意思完全不同，使用的場合也不同。

◆使い方◆
つか かた

> くすぐったい〜

くすぐられた時
とき
被搔癢的時候

> かゆい〜

アレルギーが出た時
で とき
過敏的時候

> かゆい〜

蚊に刺された時
か さ とき
被蚊子叮的時候

> 目がかゆい〜
> め

花粉症になった時
か ふんしょう とき
花粉症發作的時候

59

「太陽が大きい」「雨が大きい」とは言いません。
たいよう　おお　　　あめ　おお　　　い

沒有「太陽が大きい」、「雨が大きい」的說法。

◆使い方◆
つか　かた

今日は雨がたくさん降っているね
きょう　あめ　　　　　　　ふ

または
或

今日は大雨だね
きょう　おおあめ

今日は日差しが強いね
きょう　ひざ　　つよ

今日は風が強いね
きょう　かぜ　つよ

＊「風が大きい」とも言いません。
　　かぜ　おお　　　　い
＊也沒有「風が大きい」的說法。

雨脚が強いね
あまあし　つよ

＊激しく雨が降り注ぐ様子を「雨脚が強い」とも言います。
　はげ　あめ　ふ　そそ　ようす　あまあし　つよ　　　い
＊形容傾盆大雨也可以說「雨脚が強い」。

女々しい
めめ

イメチェンしたよ

新しいセーター
あたら

……

どう？

昨日買ったばかりなんだ〜
きのう か

その服はちょっと女々しいね
ふく　　　　　　　めめ

ムッ

女々しい
めめ
↓
女（の子）っぽい
おんな　こ

●●● 説明 ●●●
せつめい

「女々しい」とは弱々しく、しっか
めめ　　　　　　　　よわよわ
りしていない、行動が女性のよう
こうどう　じょせい
であるという意味です。外見や見
いみ　　　がいけん　み
た目には使えず、主に男性に対し
め　　つか　　おも　だんせい　たい
てマイナスの意味を含んで使用さ
いみ　ふく　　しよう
れます。「女っぽい」は見た目にも
おんな　　　　み　め
使用することができます。
しよう

「女々しい」意指孱弱、不可靠、行
めめ
為像女性。不能用來形容外表，主
要用來形容男性，有負面含義。「女
っぽい」也可以用來形容外表。

◆**女々しいがよく使われる場面**◆
めめ　　　　　　つか　　　　ばめん

こわいよ〜

ぶる

ぶる

頼れない
たよ
不可靠

待ってよ〜
ま

わ〜ん

すぐに泣く
な
愛哭

何をやってもうまくいかない
なに

僕は悪くない
ぼく　わる
のに…

弱音を吐いてばかりいる
よわね　は
老是説洩氣話

62

♣文法の復習 「〜っぽい」♣

「〜っぽい」には３つの意味があります。

「〜っぽい」有三種意思。

①（本来は〜ではないが）〜のようだ （本來不是〜卻）像〜

ハハハ〜

こわいよ〜

男っぽい女の子
像男孩的女孩

女っぽい男の子
像女孩的男孩

②〜しやすい／よく〜する（人の性格を表す） （個性上）容易有〜的傾向／經常〜

＊限られたものに使用されますので語彙として覚えましょう。

＊僅用於特定情況，當作單字記下來吧！

怒りっぽい
愛生氣

忘れっぽい
健忘

飽きっぽい
三分鐘熱度

③〜が多い／〜が多く含まれている 〜很多／含有很多〜

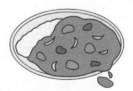

油っぽい料理
很多油的料理

水っぽいカレー
很稀的咖哩

63

日本語がペラペラだ
にほんご

中国語が苦手
ちゅうごくご　にがて

●●●●説明●●●●

母国語に対して「ペラペラ」という言い方はしません。「ペラペラ」というのは、外国語を話す場合に使われます。また学校の教科について話す場合、母国語を「○○語」とは言わず「国語」と言います。

針對母語不會使用「ペラペラ」的說法。「ペラペラ」用於指外語的情況。另外，若要指學校的科目則不說「○○語」而是「国語（國文）」。

◆使い方◆

こんにちは

Hello

日本人　日本人

アメリカ人　美國人

○ 日本語がペラペラですね

ありがとう

✕ 日本語がペラペラですね

……

○ 私は国語が苦手です

✕ 私は日本語が苦手です

● あの映画はおもしろい
えいが

あの映画はどうだった？
感動したでしょう？

かわいそう
な女の子

うん、すごくおもしろかった！

ムッ

おもしろくないよ！
かわいそうだよ！

ガッ

おもしろいとは：
①笑いたくなる
わら
②興味が持てる／
きょうみ　も
興味深い
きょうみ　ぶか

●●●●説明●●●●
せつめい

「おもしろい」には「笑いたく
わら
なる」の他に「興味が持てる・
ほか　きょうみ　も
興味深い（いい作品）」という
きょうみ　ぶか　　　　　さくひん
意味があります。
いみ

「おもしろい」除了「笑いたくなる」
以外，也有「興味が持てる・興味
深い（いい作品）」的意思。

◆「おもしろい」の意味◆
いみ

①笑いたくなる
わら
　　　有趣、好笑

おもしろい～

ハロ～

あはは～

②興味が持てる・興味深い（作品）
きょうみ　も　　きょうみ　ぶか　　さくひん
　　　耐人尋味的（作品）

おもしろい映画
えいが
耐人尋味的電影

おもしろい小説
しょうせつ
耐人尋味的小説

おもしろい番組
ばんぐみ
耐人尋味的電視節目

♣文法の復習 「～でしょう・～だろう」♣
ぶんぽう　ふくしゅう

①**推量**（最後を下げて言う↓）　推量（語尾語調下降↓）
すいりょう　さいご　さ　い

明日は雪が降るでしょう↓
あした　ゆき　ふ

明日は雪が降るだろう…↓
あした　ゆき　ふ

＊独り言：自言自語
ひと　ごと

②**相手に同意を求めて質問・確認**（最後を上げて言う↑）
あいて　どうい　もと　しつもん　かくにん　さいご　あ　い

徴求對方同意的詢問、確認（語尾語調上揚↑）

うん！

おいしいでしょ（？）↑

うん！

うまいだろ（？）↑

＊「～だろ」は男性が使用
だんせい　しょう
＊「～だろ」為男性使用。

デパートをごろごろした　　デパートでごろごろした

「ごろごろ」は以下のような場合に使います。
いか　　　　　ばあい　つか

「ごろごろ」使用於下列情況。

◆ **使い方** ◆
つか　かた

① **大きなものが転がる音** 巨大物體滾動的聲音
おお　　　　ころ　　おと

テニスボール

ボウリングボール

網球

保齡球

＊小さなものは「ころころ」を使用
　　ちい　　　　　　　　　　　　　しょう

＊體積小的東西使用「ころころ」。

② **大きなものを転がす音** 滾動巨大物體的聲音
おお　　　　ころ　　おと

重い…
おも

③ **特に何もしないで、家でゆっくりすること**
とく　なに　　　　　　　いえ

無所事事地在家中悠閒度過。

はぁ？

昨日は…で、
…だったんだ…

……

はぁ？

聞こえなかった

ムッ

「はぁ？」は失礼だよ！

？

「はぁ？」
↓
「えっ？」／
「何（ですか）？」

◆◆◆ 説明 ◆◆◆

友達や家族とのくだけた会話
では「はぁ？」と語調を上げ
て聞き返すと失礼だと思われ
ることがあります。

和朋友或家人以輕鬆口語對話時，
語調上揚反問「はぁ？」有時會被
認為很失禮。

◆「は」を使う場合◆

かしこまって返事をする時、
返答に困った時にも「は（あ）」
が使用されます。

恭謹回話的時候，以及回答時感到
困擾也會使用「は（あ）」。

これください

は、かしこまりました

1万円にして
ください

は、そうおっしゃられても…

70

私は黄さんです
わたし　こう

僕の弟だよ〜
ぼく　おとうと

こんにちは〜

へえ〜

こんにちは、私は黄さんです
わたし　こう

は、はい…

ペコリ

私は黄さんです
わたし　こう
↓
私は黄です
わたし　こう

●●●●説明●●●●
せつめい

自分や自分の家族に「さん」
じぶん　じぶん　かぞく
はつけません。「先生」を使
せんせい　し
用する場合も同様です。
よう　ばあい　どうよう

稱呼自己或自己的家人不加「さ
ん」。使用「先生（老師）」時也一
樣。

◆間違った使い方◆
まちが　つか　かた

✕　私は太郎さんです
わたし　たろう

✕　妻の花子さんです
つま　はなこ

✕　私は山田先生です
わたし　やまだ　せんせい

71

● 「B」それとも「V」？

日本語を話す場合、いくつか
にほんご はな ばあい
のアルファベットの発音は注
はつおん ちゅう
意が必要です。
い ひつよう

說日語的時候，有幾個英文字母的
發音必須注意。

◆**注意が必要なもの**◆
ちゅうい ひつよう

N
エヌ

R
アール

V
ブイ

Z
ゼット

薬を食べる
くすり　た

薬は「食べる」ではなく「飲む」
くすり　　た　　　　　　　　　　の
を使います。
つか

吃藥的動詞不使用「食べる」，而
是「飲む」。

◆ 「飲む」を使う時 ◆
　　　の　　　　つか　とき

①飲み物　飲料
　の　もの

ジュース　コーヒー　ビール
果汁　　　咖啡　　　啤酒

②汁物やスープ　湯
　しるもの

味噌汁　　　　コーンスープ
みそしる
味噌湯　　　　玉米濃湯

＊単に「飲む・飲み」と使う
　たん　　　の　　の　　つか
　場合は「お酒」を指します。
　ばあい　　　さけ　　さ

＊若單用「飲む・飲み」的情況是指
　喝酒。

クーラーを開ける

う〜っ

暑いね〜

クーラーを開けよう！

開ける？

パカッ

ふぃふぃふぃっ

開ける
↓
つける

●●●● 説明 ●●●●

クーラーは「開ける」ではなく「つける」と言います。

開空調的說法不是「開ける」而是「つける」。

◆「つける」を使うもの◆

テレビをつける
開電視

電気をつける
開燈

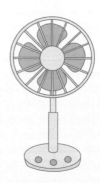

扇風機をつける
開電扇

スマホを連れてくる

どうしたの？

スマホを
連れてくるのを忘れたの…

う～ん

連れてくる？

ルンルン

ランラン

!?

連れてくる
↓
持ってくる

●●●● **説明** ●●●●

「もの」には「連れてくる」
ではなく「持ってくる／持っ
ていく」を使います。

攜帶物品不說「連れてくる」，而
是「持ってくる／持っていく」。

◆**持ってくる／持っていく**◆

スマホ（もの）
手機（物品）

花（植物）
花（植物）

◆**連れてくる／連れていく**◆

ばぶ　ばぶ

子供（人）
小孩（人）

わん　わん

ペット（動物）
寵物（動物）

75

ホテルに住む
す

日本旅行のお土産よ！
にほんりょこう　みやげ

わ～い

ありがとう～

５日間、高級ホテルに住んだの
いつかかん　こうきゅう　　　す

～え～

住んだ？
す

このホテルは
私の家よ
わたし　いえ

！？

ホテルに住む
す
↓
ホテルに泊まる
と

説明
せつめい

「住む」とは居住することを表し、
す　　　　　きょじゅう　　　　　あらわ
常にその場所で生活をするとい
つね　　　ばしょ　　せいかつ
う意味です。「泊まる」は自分の
いみ　　　　　と　　　　じぶん
家以外に宿泊することです。
いえいがい　しゅくはく

「住む」是用來表示居住，意思是平
常總是在該地點生活。「泊まる」是
指投宿在自家以外的地方。

◆「住む」を使用◆
す　　　　しよう

家
いえ
家

寮／社宅
りょう　しゃたく
宿舎／員工住宅

◆「泊まる」を使用◆
と　　　　　しよう

ホテル／旅館／民宿
りょかん　みんしゅく
飯店／旅館／民宿

病院
びょういん
醫院

ゲームを遊ぶ

ゴールデンウイークは
何をしたの？

ひさしぶり

毎日、家でゲームを遊んだよ〜

う〜ん…

ゲームを遊ぶ
↓
ゲームをする

●●●● 説明 ●●●●

ゲームは「遊ぶ」ではなく、「する」を使います。

玩遊戲的動詞不是「遊ぶ」，而是「する」。

◆ゲームの種類◆

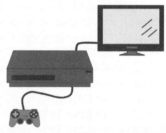

テレビゲーム

電視遊樂器

トランプ（カードゲーム）

撲克牌（紙牌遊戲）

オセロ（ボードゲーム）

黒白棋（圖版遊戲）

カラオケを歌う
うた

おはよう〜

昨日は何をしたの？
きのう なに

昨日は友達とカラオケを歌ったよ
きのう ともだち うた

カラオケを？

♪ カラオケ〜

♪ カラオ〜ケ〜

♪ カラオケ〜

⁉

曲も
カラオケ

カラオケを歌う
うた
↓
カラオケに行く
い

●●● **説明** ●●●
せつめい

カラオケは「カラオケを歌う」
ではなく「カラオケに行く」
というのが一般的です。また、
いっぱんてき
カラオケボックスに行くので
い
はなく、家で行う場合は「カ
いえ おこな ばあい
ラオケをする」と言います。
い

卡啦OK一般的用法不是「カラオ
ケを歌う」，而是「カラオケに行
く」。另外，若不是去KTV而是
在家裡舉行，則要說「カラオケを
する」。

◆**使い方**◆
つか かた

昨日カラオケに行きました
きのう い

カラオケで
○○の歌を歌いました
うた うた

昨日家でカラオケをしました
きのう いえ

鼻血が流れる
はなぢ　なが

●●●● **説明** ●●●●
せつめい

鼻血は「流れる」ではなく「出
はなぢ　　　なが　　　　　　　て
る」を使います。鼻血がたくさ
　　つか　　　　　はなぢ
ん出るというのを強調して言
　で　　　　　　　　きょうちょう
う場合「鼻血が流れるように出
　ばあい　はなぢ　なが　　　　　　い
る」という場合はあります。
　　　　　ばあい

流鼻血不用「流れる」，而是「出
る」。若要強調流了很多，有時候
會說「鼻血が流れるように出る」。

◆使い方◆
つか　かた

鼻血が出る
はなぢ　で
流鼻血

鼻水が出る
はなみず　で
流鼻涕

痛い…
いた

血が出る
ち　で
流血

79

火山が爆発した !!
かざん　ばくはつ

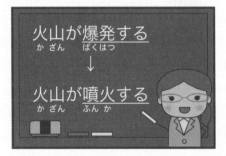

火山は「爆発する」ではなく
かざん　　　ばくはつ
「噴火する」と言います。
ふんか　　　い

火山爆發的說法不是「爆発する」，
而是「噴火する」。

◆使い方◆
つか　かた

火山が噴火した
かざん　ふんか
火山爆發了。

爆弾が爆発した
ばくだん　ばくはつ
炸彈爆炸了。

もう我慢できない！
がまん

怒りが爆発した
いか　　ばくはつ
怒火爆發了。

＊今まで心の中にあった感情が我慢
いま　こころ　なか　　　　　かんじょう　がまん
　できなくなって表にでること
おもて

＊內心至今的情緒無法再忍耐而表露出來。

髪が生える
かみ　は

どうしたの？嬉しそうだね
うれ

ルン
ルン

ランラン♪

日本に来てからすごく髪が生えたわ
にほん　き　　　　　　かみ　は

つるつる

⁉

う〜ん

1年後
いちねん ご

髪が生える
かみ　　は
↓
髪が伸びる
かみ　　の

●●●● 説明 ●●●●
　　　　せつめい

「生える」とは「ない状態か
　　　は　　　　　　　じょうたい
ら発生する」という意味です。
　はっせい　　　　　　　　　い み
「長くなる」と言いたい時は
　なが　　　　　　い　　　　とき
「伸びる」を使いましょう。
　の　　　　　つか

「生える」意指「從無的狀態發生」。
若想說「變長」的話則使用「伸びる」。

◆区別しましょう◆
　　く べつ

髪が伸びる
かみ　の
頭髪留長

つるつる

髪が生える
かみ　は
生出頭髮

◆「生える」を使用するもの◆
　　は　　　　しよう

カビが生える
　　　は
發霉

歯が生える
は　は
長牙齒

81

皮を削る
かわ　けず

おいしそう！

りんご

りんごを食べよう
た

じゃあ皮を削ってくるね！
かわ　けず

削る？
けず

シュッ

シュッ

シュッ

シュッ

!?

皮を削る
かわ　けず
↓
皮をむく
かわ

お母さんを見に行く

●●●● **説明** ●●●●

「人＋を見に行く」とは言いません。

沒有「人＋を見に行く」的說法。

◆見に行くを使用する場合◆

動物園にライオンを見に行く
去動物園看獅子。

日本に桜を見に行く
去日本看櫻花。

美術館に絵を見に行く
去美術館看畫。

映画を見に行く
去看電影。

83

「診る」と「見る」は発音・アクセントともに同じですが、「お医者
さんをみにいく」というと日本人には「見にいく」と聞こえてしま
います。また「診る」「診察する」のはお医者さんですから「（お医
者さんに）診てもらう」というのが、正しい使い方です。「診察して
もらう」とも言えますが、「病院へ（に）行く」が多く使用されます。

「診る」的發音、重音都與「見る」相同，但是若說「お医者さんをみにいく」，
日本人聽起來會是「見にいく」。此外，「診る」、「診察する」的都是醫生，所
以「（お医者さんに）診てもらう」才是正確用法。也可以說「診察してもら
う」，但比較常用的是「病院へ（に）行く」。

◆**使い方**◆
つか　かた

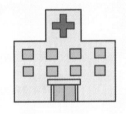

病院へ（に）行く
びょういん　い
去醫院

カゼですね

お医者さんに診てもらう
いしゃ　み
讓醫生看診

小説を見る
しょうせつ　み

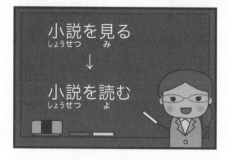

●●● 説明 ●●●
せつめい

本は「見る」ではなく「読む」
ほん　　　み　　　　　　　　　　　よ
を使用します。
　しよう

看書不用「見る」，而是「読む」。

◆ 「読む」を使う場合 ◆
　　　よ　　　　つか　ば あい

①文章などを見て内容を理解する。
　ぶんしょう　　　み　ないよう　りかい
看文章等而理解内容

本を読む
ほん　よ
讀書

新聞を読む／見る
しんぶん　よ　　　み
看報紙

②書かれたものを声に出して言う
　か　　　　　　こえ　だ　　　い
將書寫的內容唸出聲音

むかしむかし、あるところに…

絵本を読む
え ほん　よ
唸圖畫書

86

♣間違えやすい単語　「新聞 vs ニュース」♣

新聞：事件や事故の報道が紙に印刷されたもの

報紙：印刷在紙上，報導事件或事故的東西

新聞（紙）
報紙

ニュース：最新の情報や新しく発生した事故・事件などの報道

新聞：最新消息或新發生的事故、事件等的報導

ラジオのニュース

廣播新聞

ネットのニュース／
ウェブニュース

網路新聞

テレビのニュース

電視新聞

宿題を作る

宿題を書く

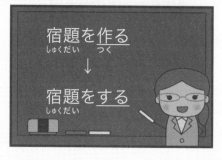

「宿題を作る」「宿題を書く」とは言いません。「宿題をする」「宿題
しゅくだい つく しゅくだい か い しゅくだい しゅくだい
をやる」と言いましょう。
い

没有「宿題を作る」、「宿題を書く」的說法。要說「宿題をする」、「宿題をやる」。

◆「作る」を使う場合◆
つく つか ばあい

ごはんを作る　　　　　　　　ワインを作る
つく　　　　　　　　　　　　　　　つく
做飯　　　　　　　　　　　　釀酒

◆「書く」「描く」を使う場合◆
か か つか ばあい

日記を書く
にっき か
寫日記

手紙を書く
てがみ か
寫信

字を書く
じ か
寫字

絵を描く
え か
畫圖

駅前の
えきまえ
デパートに行こうよ！

おしゃれな店だね！
みせ

行きたい〜

あのデパートは倒れたよ〜
たお

倒れた？
たお

開幕したばかりなのよ〜
かいまく

う〜ん…

ばたーん

！？

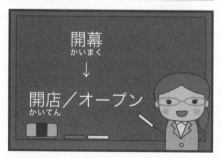

開幕
かいまく
↓
開店／オープン
かいてん

倒れる
たお
↓
閉店／倒産する／
へいてん　とうさん
つぶれる

90

新しく店を開き、商売を始める場合は「開店」「オープン」を使用
あたら　みせ ひら　　　しょうばい　はじ　　　ばあい　　　　かいてん
します。また「不景気で店が倒れる」と表現することもありますが、
　　　　　　　　ふけいき　みせ たお　　　ひょうげん
「倒産する」「つぶれる」の方がよく使われます。
とうさん　　　　　　　　　　　ほう　　　つか

新的店開張、開始做生意要用「開店」、「オープン」。另外，雖然也有「不景気
で店が倒れる」的表達方式，但比較常使用「倒産する」、「つぶれる」。

◆ 「開幕」を使用する場合 ◆
かいまく　　しよう　　　ばあい

①舞台の幕が開く時
ぶたい まく ひら とき
舞台揭幕的時候

②物事が始まる時
ものごと はじ とき
事物開始的時候

開幕の時間だわ！
かいまく　　じかん

オリンピックが開幕した
かいまく
奧運開幕了。

◆ 「倒れる」を使用する場合 ◆
たお　　しよう　　　ばあい

①立っている状況が
た　　　　じょうきょう
維持できず横になった時
いじ　　　よこ　　　　とき
無法維持豎立的狀態而横倒時

②病気になって寝たままの
びょうき　　　ね
状態が続く時
じょうたい つづ とき
持續臥病在床的狀態的時候

台風で木が倒れた
たいふう き たお
樹木因颱風而倒下。

病気で倒れた
びょうき たお
因生病而倒下了。

お世辞する せ じ	文句する もん く

「お世辞」も「文句」も「する」ではなく、それぞれ「お世辞を言う」
「文句を言う」と言います。

「お世辞（客套話）」和「文句（怨言、牢騷）」的動詞都不是「する」，而分別是
「お世辞を言う（說客套話）」、「文句を言う（抱怨、發牢騷）」。

◆**使い方**◆
つか　かた

おいしい！
お菓子作りが上手だね！

お世辞を言わないで〜

お世辞がうまいね

文句を言わないで！

プリン嫌い〜！ゼリーある？

♣その他の間違えやすい動詞♣

「言い訳をする」　辯解

今日は寒かったから…

どうして塾を休んだの？

「苦情を言う」　抱怨

すみません…

毎晩犬がうるさいですよ！

「クレームをつける」　求償

申し訳ございません

買ってすぐに壊れましたよ！

● 母に "うたれた" ことがある

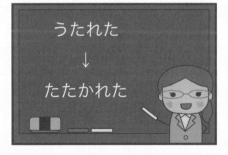

● ● ● **説明** ● ● ●

「撃つ」と「打つ」は発音・アクセントともに同じですが、「うたれたことがある」というと、日本人には「撃たれたことがある」というように聞こえてしまいがちです。「打つ」にはたたくという意味もありますが、多くの場合「たたかれる」が使用されます。

「撃つ」和「打つ」的發音、重音都相同，但若說「うたれたことがある」的話，日本人聽起來容易想成「撃たれたことがある」。「打つ」雖然也有打的意思，但大多情況都使用「たたかれる」。

◆ **「打つ」を使う場合** ◆

①メールを作成して送信する
打電子郵件然後寄出

（スマホで）
メールを打つ
（用手機）
打電子郵件

②当てて飛ばす　打飛出去

ボールを打つ
撃球

③たたいて中に入るようにする
打入

釘を打つ
釘釘子

95

冷蔵庫に入る
れいぞうこ　　はい

◆◆◆ **説明** ◆◆◆
せつめい

「入れる（他動詞）」と「入る
い
（自動詞）」の使い方に気をつ
じどうし　　　つか　かた　き
けましょう。

注意「入れる（他動詞）」與「入る
（自動詞）」的使用方式。

◆**区別しましょう**◆
く　べつ

〇 りんごを入れる
い

【主語】は【目的語】を中に入れ
しゅご　　もくてきご　　なか　い
るという意味
い　み

意為「主語」將「賓語」放入裡面。

✕ りんごが入る
はい

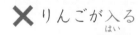

【主語】が（自分から）中に入る
しゅご　　　じぶん　　なか　はい
という意味
い　み

意為「主語」（自己主動）進入裡面。

96

♣動詞の復習 「入る vs 入れる」♣

入る（自動詞）：主語が自分の意志で外から中に移動する

進入（自動詞）：主語以自己的意志由外往內移動。

入れる（他動詞）：主語が目的語を外から中に移動させる

放入（他動詞）：主語將賓語由外往內移動。

【主語】

（犬が）ケージに入る
（狗）進入籠子。

【目的語】

（私は犬を）ケージに入れる
（我將狗）放入籠子。

（私は）お風呂に入る
（我）泡澡。

（私は赤ちゃんを）
お風呂に入れる
（我將嬰兒）放入浴缸。

人を並べる
ひと　なら

あそこのラーメンは
どうだった？

おいしかったけど、
たくさん人を並べてあったの…
ひと　なら

人を…？
ひと

新鮮です！
しんせん

ぶる
ぶる

人を並べてある
ひと　なら
↓
人が並んでいる
ひと　なら

◆区別しましょう◆
く　べつ

【自動詞】
じどうし
ラーメンを食べるために並ぶ
た　　　　　なら
為了吃拉麵而排隊

【他動詞】
たどうし
おもちゃを並べる
なら
（目的語：おもちゃ）
もくてきご
排列玩具（賓語：玩具）

カゼをうつす

カゼをうつした
↓
カゼをうつされた

●●● 説明 ●●●

「うつる」人、「うつす」人が誰なのかを考えながら使用しましょう。

被傳染的人、傳染的人是誰，要想清楚再使用。

◆使い方◆

友達にカゼをうつしたの

黄さんのカゼがうつったの

黄さんにカゼをうつされたの

＊受身文にすると「被害・迷惑」という気持ちが強調されます。

＊寫成被動句的話則強調了「受害、困擾」的心情。

ホテルに預かった
あず

「預ける」と「預かる」は主
あず　　　　　　あず
語が誰なのか考えながら使用
ご　だれ　　　　　かんが　　　　　しょう
しましょう。

「預ける（託管）」和「預かる（保管）」
的主語是誰，要想清楚再使用。

旅行当日
りょこうとうじつ

重い…
おも

荷物は
にもつ
どうしたの？

ランランン

ホテルに
預かったよ！
あず

預かった？
あず

◆使い方◆
つか　かた

客
きゃく

銀行
ぎんこう

かしこまりました

ペコリ

（銀行は）客のお金を預かる
ぎんこう　　きゃく　　かね　あず
（銀行）保管客人的錢。

預かった
あず
↓
預けた
あず

（客は）銀行にお金を預ける
きゃく　　ぎんこう　　かね　あず
（客人）把錢託銀行保管。

テストをする

テストをする
↓
テストを受ける

●●● 説明 ●●●
せつめい

テストを「する」人は先生、
テストを「受ける」のは学生
と覚えましょう。

出考試的人是老師，接受考試的是
學生，要記住。

◆使い方◆
つか かた

先生
せんせい

学生
がくせい

明日、漢字のテストをします
あした かんじ

明日、漢字のテストを受けるの…
あした かんじ う

明日、漢字のテストがあるの…
あした かんじ

101

夢中する
むちゅう

彼のファン？
かれ

うん！今、夢中しているの
いま　むちゅう

夢中する
むちゅう
↓
夢中になる
むちゅう

●●●● 説明 ●●●●
せつめい

夢中に「する」人と、夢中に「な
むちゅう　ひと　むちゅう
る」人を考えながら使用しま
ひと　かんが　しよう
しょう。助詞は省略できません
じょし　しょうりゃく
ので、まとめて覚えましょう。
おぼ

讓人沉迷的人，以及變得沉迷的人，
要想清楚再使用。助詞不能省略，
一起記下來吧！

◆ 使い方 ◆
つか　かた

ファン

アイドル

ファンはアイドルに夢中になる
むちゅう
粉絲沉迷於偶像。

アイドルはファンを夢中にする
むちゅう
（＝アイドルはファンを夢中にさせる）
むちゅう
偶像使粉絲沉迷。

◆ こんな使い方もできます ◆
つか　かた

私は彼に夢中なの
わたし　かれ　むちゅう

ファンは僕に夢中さ
ぼく　むちゅう

102

首にする
くび

どんより

どうしたの？

今日、急に首にしたの…
きょう きゅう くび

首にした？
くび

クビよ！

社長！？
しゃちょう

カッ

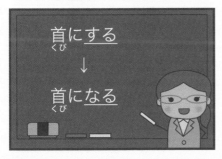

首にする
くび
↓
首になる
くび

●●●説明●●●
せつめい

「首」には「解雇」という意味があります。
くび　　かいこ　　　　い み
首に「する」人、首に「なる」人が誰な
くび　　　　ひと くび　　　　ひと だれ
のかを考えながら使いましょう。
　　かんが　　　　つか

「首」有「解雇（開除）」的意思。
開除的人、被開除的人是誰，要想
清楚再使用。

◆使い方◆
つか かた

社長
しゃちょう

今日で首だ！
きょう　くび

社員
しゃいん

今日、社員を首にした
きょう　しゃいん くび

今日、（会社を）首になったの
きょう かいしゃ くび

今日、（社長に）首にされたの
きょう しゃちょう くび

＊受身文にすると「被害・不満」
うけみぶん　　　　　ひがい ふまん
　という気持ちが強調されます。
　　　　き も　　きょうちょう

＊寫成被動句的話則強調了「受害、
　不満」的心情。

103

迷惑される
めいわく

昨日の夜
きのう よる

ど、どうしたの？

眠い…
ねむ

わっ

昨日隣の人に迷惑されたの…
きのう となり ひと めいわく

う～ん…

迷惑された
めいわく
↓
迷惑をかけられた
めいわく

●●● **説明** ●●●
せつ めい

「迷惑」は動詞によって主語が
めいわく どうし しゅご
変わります。「迷惑をする」人、
か めいわく ひと
「迷惑をかける」人を考えなが
めいわく ひと かんが
ら使いましょう。
つか

「迷惑（困擾）」會依動詞而改變主
語。感到困擾的人、製造困擾的人，
想清楚再使用。

◆**使い方**◆
つか かた

①迷惑する／迷惑をかけられる人
めいわく めいわく ひと
感到困擾／被煩擾的

プン プン

毎晩、迷惑しています
まいばん めいわく

②迷惑をかける人
めいわく ひと
添麻煩的人、製造困擾的人

ペコリ

迷惑をかけて、すみませんでした
めいわく

いいのお店
みせ

私も…
わたし

お腹すいたね
なか

何か食べに行こう！
なに　　た　　い

私、いいのお店を知っているよ！
わたし　　　　みせ　し

いいのお店
みせ
↓
いいお店
みせ

●●● 説明 ●●●
せつ めい

い形容詞の現在肯定形を使っ
けいようし　げんざいこうていけい　つか
て名詞を修飾する場合は「い
めいし　しゅうしょく　ばあい
形容詞辞書形＋名詞」という
けいようしじしょけい　めいし
形をとります。い形容詞と名
かた　　　　　　　　けいようし
詞の間に「の」は不要です。
し　あいだ　　　　　　ふよう

如果使用い形容詞的現在肯定形修
飾名詞，會是「い形容詞辭書形＋
名詞」的形式。い形容詞與名詞之
間不要加「の」。

◆使い方◆
つか　かた

難しい文法
むずか　ぶんぽう
困難的文法

おいしいお菓子
かし
好吃的甜點

かわいい猫
ねこ
可愛的貓

寒い日
さむ　ひ
寒冷的日子

難しいじゃない
むずか

中国語の勉強をしているの？
ちゅうごくご べんきょう

教えてあげるよ
おし

你好〜 我是…

中国語は
ちゅうごくご
すごく難しいね…
むずか

ははは〜

全然難しいじゃないよ〜
ぜんぜんむずか

日本語の方が
にほんご ほう
難しいよ…
むずか

難しいじゃない
むずか
↓
難しくない
むずか

●●● 説明 ●●●
せつめい

い形容詞の否定形は「—く
けいようし ひていけい
ない」「—くありません」「—
くないです」となります。

い形容詞的否定形是「—くな
い」、「—くありません」、「—
くないです」。

◆使い方◆
つか かた

おえ〜

✕ この牛丼はおいしいじゃない
ぎゅうどん
〇 この牛丼はおいしくない
ぎゅうどん
〇 この牛丼はおいしくありません
ぎゅうどん
〇 この牛丼はおいしくないです
ぎゅうどん

這個牛肉蓋飯不好吃。

ぽか ぽか

✕ 今日は寒いじゃない
きょう さむ
〇 今日は寒くない
きょう さむ
〇 今日は寒くありません
きょう さむ
〇 今日は寒くないです
きょう さむ

今天不冷。

難しいだから…
むずか

原因・理由の「〜から」は、い形
げんいん　りゆう
容詞の「普通形」に使います。で
ようし　　ふつうけい　　つか
すから現在肯定形につく場合は
げんざいこうていけい　　ばあい
「―いから」となります。また丁
てい
寧形は「―いですから」です。
ねいけい

い形容詞接續原因、理由的「〜か
ら」要使用「常體」。因此接現在
肯定形的話會變成「―いから」，
或者禮貌形的「―いですから」。

◆使い方◆
つか　かた

✕ あの映画はおもしろいだから
えいが
　見たほうがいいよ
み

◯ あの映画はおもしろいから
えいが
　見たほうがいいよ
み

◯ あの映画はおもしろいですから
えいが
　見たほうがいいですよ
み
　那部電影很有趣，去看比較好喔。

✕ 寒いだからカゼに気をつけてね
さむ　　　　　　き

◯ 寒いからカゼに気をつけてね
さむ　　　　　　き

◯ 寒いですから
さむ
　カゼに気をつけてくださいね
き
　因為很冷，要小心感冒喔。

●●●●説明●●●●
せつめい

「～と思う」をい形容詞・な形容詞の現在肯定形と使用する場合は
「―いと思う」(い形容詞)「―だと思う」(な形容詞) となります。

「～と思う」和い形容詞、な形容詞的現在肯定形一起使用時，會變成「―いと
思う」(い形容詞)、「―だと思う」(な形容詞)。

◆使い方◆
つか かた

①い形容詞　　い形容詞
けいようし

✕　あの映画は
　　おもしろいだと思う

〇　あの映画は
　　おもしろいと思う

我覺得那部電影很有趣。

②な形容詞　　な形容詞
けいようし

✕　コンビニは便利と思う

〇　コンビニは
　　便利だと思う

我覺得便利商店很方便。

これと思う	ここと思う

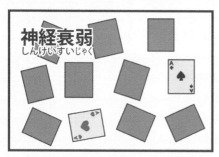

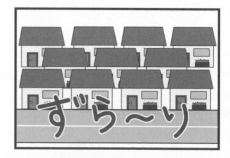

「これ・それ・あれ」や「ここ・そこ・あそこ」などの指示代名詞は「〜
と思う」と一緒に使用する場合、「〜だと思う」となります。
おも　　　　　いっしょ　しよう　ばあい　　　　　　　おも　　　　　　　　　　し　じ だいめい し

「これ・それ・あれ」或「ここ・そこ・あそこ」等指示代名詞，和「〜と思う」
一起使用時，會變成「〜だと思う」。

◆使い方◆
つか　かた

① **「これ・それ・あれ」** 這、那、那

「あれだと思う！」
おも

「私はそれだと思う」
わたし　　　　　　おも

「僕はこれだと思うな…」
ぼく　　　　　　　おも

② **「ここ・そこ・あそこ」** 這裡、那裡、那裡

「私はあそこだと思う」
わたし　　　　　　おも

「私はそこだと思う」
わたし　　　　　おも

「山田さんの家は
やまだ　　　　いえ
ここだと思う」
おも

♣文法の復習「普通形＋かな／かしら」♣

「～かな／かしら」が普通形や疑問詞と一緒に使用されると、疑問や相手に対する質問を表す「～だろうか／でしょうか」の口語形となります。独り言を言う場合や、友達や家族との間で使われるくだけた表現です。

「～かな／かしら」如果和常體或疑問詞一起使用，會變成表現疑問或向對方詢問的「～だろうか／でしょうか」的口語形式。是在自言自語或與朋友、家人之間經常使用的表現。

①独り言　自言自語

今日は雨が降るかな／かしら／だろうか…

＊「かしら」は女性が使用。独り言の場合は「でしょうか」は不可
＊「かしら」是女性用語。自言自語的時候不可用「でしょうか」。

②相手に対する質問　詢問對方

今日は雨が降るかな／かしら／でしょうか？

＊「だろうか」は男性が使用
＊「だろうか」是男性用語。

112

♣ 文法の復習 「動詞意向形＋かな／かしら」 ♣

「～かな／かしら」が意向形と一緒に使用されると、話し手がその行
為をするかどうか迷っていたり、意志が決まらない状態を表します。
「～かな／かしら」和意量形一起使用的話，表示說話者正在猶豫是否做該行為，
或猶豫不決的狀態。

あそこのラーメンは
おいしいよ～

へえ～、じゃあ行ってみようかな／かしら…

お酒をやめようかな／かしら…

＊「かしら」は女性が使用
＊「かしら」是女性用語。

113

そうと思う
おも

英語は本当に難しいよね…
えいご ほんとう むずか

私もそうと思う！
わたし おも

文法とかね…
ぶんぽう

あと発音も…
はつおん

そうと思う
おも
↓
そう思う
おも

相手の意見に同意する時は
あい て い けん どう い とき
「そうと思う」ではなく「そ
おも
う思う」と言います。
おも い

同意對方的意見時，不說「そうと
思う」，而是「そう思う」。

◆ 使い方 ◆
つか かた

① 肯定形
こうていけい

あの人
ひと
かっこいいね！

私もそう思う！
わたし おも

② 否定形
ひていけい

あの人
ひと
かっこいいね！

私はそう思わない…
わたし おも

両方もいい
りょうほう

コンビニで何か買ってくるよ！
なに か

ぐぅ～ぐぅ～

パンとおにぎりどちらがいい？

両方もいいよ～
りょうほう

おいしそう

う～ん…

両方もいい
りょうほう
↓
どちらでもいい

「両方もいい」という言い方は
りょうほう　　　　　　　　い　い　かた
ありません。複数のものから
　　　　　　ふくすう
１つ選んで言う時、または「両
ひと えら　　い　とき　　　　　　　　りょう
方OK」「AでもいいしBでもい
ほう
い」と言いたい場合は「どちら
　　い　　　　ば あい
でも」を使うのが一般的です。
　　　つか　　　いっぱんてき
また、３つ以上から選ぶ場合
　　　　　　いじょう　　えら　ばあい
は「どれでも」を使います。
　　　　　　　　つか

沒有「両方もいい」的説法。要従
複數之中則一的時候，或者想説「兩
者皆可」、「A或B都可以」的時候，
一般使用「どちらでも」。另外，若
是従３個以上當中選擇的時候，使
用「どれでも」。

◆使い方◆
つか かた

どちらがいい？

どちらでもいいよ

どれがいい？

どれでもいいよ

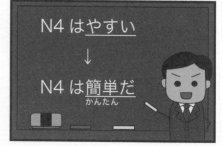

説明
せつめい

「〜やすい」「〜にくい」は動詞のマス形につきます。「○○はやすい」
「○○はにくい」という使い方は本来の意味と違ったように聞こえる
こともあります。

「〜やすい」、「〜にくい」要接動詞的ます形。使用「○○はやすい」、「○○は
にくい」的方式有時聽起來會和原本要表達的意思不同。

◆意味と使い方◆
いみ つか かた

① **「無意識動詞＋やすい」** →簡単に〜の状態になる
む い しき どう し かんたん じょうたい

輕易變成〜的狀態

「無意識動詞＋にくい」 →なかなか〜の状態にならない
む い しき どう し じょうたい

難以變成〜的狀態

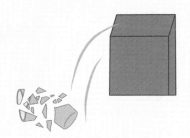 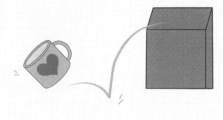

ガラスのコップは割れやすい
わ

玻璃杯容易破。

プラスチックのコップは割れにくい

塑膠杯不容易破。

② **「意識動詞＋やすい」** →簡単に〜できる　能夠輕易〜
い しき どう し かんたん

「意識動詞＋にくい」 →なかなか〜できない　難以〜
い しき どう し

この薬は飲みやすい
くすり の

這個藥很好呑。

この薬は飲みにくい
くすり の

這個藥很難呑。

「○○円＋がかかる」
「時間を表す単位（分／時間／日／週間など）＋がかかる」
　　じ かん あらわ たん い　ふん　じ かん　にち しゅうかん
とは言いません。
　　い
沒有「○○円＋がかかる」、「時間を表す単位（分／時間／日／週間など）＋が
かかる」的說法。

◆使い方◆
　　 つか　かた

修理に 1000 円かかるの
しゅう り　　　　　　えん
修理要花 1000 日圓。

修理にお金がかかるの
しゅう り　　 かね
修理要花錢。

修理に 3 日かかるの
しゅう り　 みっ か
修理要花 3 天。

修理に時間がかかるの
しゅう り　 じ かん
修理要花時間。

◆応用◆
　　 おうよう

「も」や「は」はよく使用されます。
　　　　　　　　　　　し よう
「も」或「は」經常被使用。

修理は 1000 円もかかるよ
しゅう り　　　　　　えん
修理要花到 1000 日圓。

修理は 3 日はかかるよ
しゅう り　 みっ か
修理要花 3 天。

119

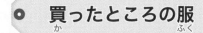

1週間前に買ったところ
いっしゅうかんまえ　か

買ったところの服
か　　　　　　　　　ふく

じゃ〜ん

新しい服
あたら　ふく

がっくり

かわいい服だね！
ふく

どよ〜ん

ど、どうしたの？

1週間前に
いっしゅうかんまえ
買ったところなの
か

買ったところの服を汚して
か　　　　　　　ふく　よご
しまったの…

買ったところ
か

↓

買ったばかり
か

買ったところ
か

↓

買ったばかり
か

「～たところ」と「～たばかり」は用法が異なります。
ようほう こと

「～たところ」和「～たばかり」用法不同。

～たところ	～たばかり
～してからすぐ（さっき・ちょうどなどと使用可） ～之後立刻（可以和剛才、正好等一起使用）	
 ○ さっき買ったところ か	 ○ さっき買ったばかり か
～してから少し時間が経過（～日前・先週・去年などと使用可） すこ じかん けいか にち まえ せんしゅう きょねん しよう ～之後經過些許時間（可以和～天前、上星期、去年等一起使用）	
 ✕ １週間前に買ったところ いっしゅうかんまえ か	 ○ １週間前に買ったばかり いっしゅうかんまえ か
名詞接続 めい し せつぞく 接續名詞	
 ✕ 買ったところの服 か ふく	 ○ 買ったばかりの服 か ふく

ハンサムそうだ

説明

様態の「そうだ」は見てすぐに思ったことを言う場合に使用されますので外観そのものを表す語には使えません。

様態的「そうだ」使用於看見之後立刻的想法，不用於表示外觀。

◆間違った使い方◆

✕ このりんごは赤そうだ

✕ この花はきれいそうだ

✕ 彼女は背が高そうだ

122

♣ 「そうだ」の正しい使い方 ♣

「そうだ」は外観そのものを表す語とは使えません。見た時の印象や
予想を表す時に使用します。

「そうだ」不會使用來表示外觀。使用於表示第一印象或推測。

× このりんごは<u>赤そうだ</u>

○ このりんごは<u>赤い</u>

這個蘋果是紅色的。

○ このりんごはおいしそうだ

這個蘋果看起來很好吃。

× この花は<u>きれいそうだ</u>

○ この花はきれいだ

這朵花很漂亮。

○ この花はいいにおいがしそうだ

這朵花看起來很香。

× 彼女は背が<u>高そうだ</u>

○ 彼女は背が高い

她很高。

○ 彼女はバスケットボールが

うまそうだ

她看起來很會打籃球。

最近
さいきん

●●●● 説明 ●●●●
せつめい

「最近」は未来のことには使
さいきん　　　み らい　　　　　　　　つか
いません。

「最近」不會用來敘述未來。

◆ 使い方 ◆
つか　かた

○ 最近天気が悪かった
さいきんてん き　　わる
　　（今日はもう悪くない）
　　きょう　　　　　わる
　最近天氣不好。
　　（今天已經沒有不好了。）

○ 最近天気が悪い（今日も悪い）
さいきんてん き　　わる　　きょう　　わる
　最近天氣不好。（今天也不好。）

✗ 最近天気が悪くなるだろう
さいきんてん き　　わる

124

太郎君のおかげ様
<ruby>太<rt>た</rt></ruby><ruby>郎<rt>ろ</rt></ruby><ruby>君<rt>くん</rt></ruby> <ruby>様<rt>さま</rt></ruby>

どうしたの？

N2 に<ruby>合格<rt>ごうかく</rt></ruby>したの！

おめでとう

N2
合格

じゃ～ん

<ruby>合格<rt>ごうかく</rt></ruby>できたのは
<ruby>太郎君<rt>たろうくん</rt></ruby>のおかげ<ruby>様<rt>さま</rt></ruby>よ！

ありがとう

う～ん

おかげ<ruby>様<rt>さま</rt></ruby>
↓
おかげ

●●●● 説明 ●●●●
<ruby>説明<rt>せつめい</rt></ruby>

「おかげ<ruby>様<rt>さま</rt></ruby>で」は<ruby>慣用的<rt>かんようてき</rt></ruby>なあいさつ
<ruby>表現<rt>ひょうげん</rt></ruby>で<ruby>文頭<rt>ぶんとう</rt></ruby>に<ruby>使用<rt>しよう</rt></ruby>します。「〜おか
げで」と<ruby>区別<rt>くべつ</rt></ruby>して<ruby>覚<rt>おぼ</rt></ruby>えましょう。

「おかげ様で」是慣用的招呼語，使用
於句首。記的時候要和「〜おかげで」
區別。

◆ 使用例 ◆
<ruby>使用例<rt>しようれい</rt></ruby>

①

おかげ<ruby>様<rt>さま</rt></ruby>で、<ruby>合格<rt>ごうかく</rt></ruby>しました

②

ぺこり

<ruby>先生<rt>せんせい</rt></ruby>のおかげで<ruby>合格<rt>ごうかく</rt></ruby>しました

◆ 応用編 ◆
<ruby>応用編<rt>おうようへん</rt></ruby>

<ruby>相手<rt>あいて</rt></ruby>の<ruby>動作<rt>どうさ</rt></ruby>でいい<ruby>結果<rt>けっか</rt></ruby>になった<ruby>場<rt>ば</rt></ruby>
<ruby>合<rt>あい</rt></ruby>は「〜てくれたおかげで」「〜て
もらったおかげで」となります。

若是因對方的行動而變成好的結果，
則是「〜てくれたおかげで」、「〜て
もらったおかげで」。

<ruby>先生<rt>せんせい</rt></ruby>に<ruby>教<rt>おし</rt></ruby>えていただいた
おかげで<ruby>合格<rt>ごうかく</rt></ruby>しました

● 友達はスマホが欲しい

ともだち ほ

● 友達はスマホが買いたい

ともだち か

最新のスマホ
さいしん

新しいスマホが欲しいな…
あたら ほ

新しいスマホが買いたいな…
あたら か

友達は新しいスマホが欲しいの…
ともだち あたら ほ

友達は新しいスマホが買いたいの…
ともだち あたら か

スマホが欲しい
ほ
↓
スマホを欲しがっている
ほ

スマホが買いたい
か
↓
スマホを買いたがっている
か

「〜欲しい」「〜たい」「感情を表す形容詞（嬉しい・悲しい・残念・懐か
　ほ　　　　　　　　　　　　　　　かんじょう　あらわ　けいようし　うれ　　　　かな　　　　ざんねん　なつ
しい）」「体に感じることを表す形容詞（痛い・暑い・かゆい）」などは一
　　　　　　からだ　かん　　　　　　　　あらわ　けいようし　いた　　あつ　　　　　　　　　　いち
人称に使用するか、相手（二人称）に質問する場合にしか使えません。
にんしょう　しよう　　　　　　あいて　に にんしょう　しつもん　　ばあい　　　つか

「〜欲しい」、「〜たい」、「表現感情的形容詞（高興、難過、遺憾、懷念）」、
「表現身體感受的形容詞（痛、熱、癢）」等，只能使用在第一人稱時，或者詢
問對象（第二人稱）的時候。

◆〜欲しい／〜欲しがっている◆
　　　　ほ　　　　　ほ

1人称
いちにんしょう

（私は）スマホが欲しい
　わたし　　　　　　　ほ

2人称
に にんしょう

（あなたは）スマホが欲しい？
　　　　　　　　　　ほ

うん！

3人称
さんにんしょう

（私は）スマホが欲しい
　わたし　　　　　　　ほ

彼女はスマホを欲しがっている
かのじょ　　　　　ほ

◆感情を表す形容詞◆
かんじょう　あらわ　けいようし

1人称
いちにんしょう

3人称
さんにんしょう

嬉しい！
うれ

嬉しい！
うれ

彼女は嬉しがっている
かのじょ　うれ

◆体に感じることを表す形容詞◆
からだ　かん　　　　　　あらわ　けいようし

1人称
いちにんしょう

3人称
さんにんしょう

暑い！
あつ

暑い！
あつ

彼女は暑がっている
かのじょ　あつ

◆「〜がる」vs「〜がっている」◆

〜がる：一般傾向や本人の習性を表す
〜がる：表示一般傾向或本人的習性。

〈一般傾向〉
若者は（誰でも）新しいスマホを欲しがる
年輕人（無論誰）都想要新的智慧型手機。

〈一般傾向〉
（多くの）女性はスイーツを食べたがる
（多數的）女性都想吃甜點。

勉強嫌い…

〈本人の習性〉
息子は（いつも）勉強をするのを嫌がる
兒子（總是）討厭唸書。

〜がっている：現在の感情を表す
〜がっている：表示現在的情緒。

欲しい

彼女は
（今）スマホを欲しがっている
她（現在）想要智慧型手機。

食べたい

彼女は
（今）スイーツを食べたがっている
她（現在）想吃甜點。

●●●●補足説明●●●●
せつめい

様態・視覚推量の「〜そうだ」、五感推量の「〜ようだ」を使用する
ようたい　しかくすいりょう　　　　　　　ごかんすいりょう　　　　しょう
と、３人称の場合でも「〜欲しい」「〜たい」「感情を表す形容詞」を
さんにんしょう　ばあい　　　　　　　ほ　　　　　　　　　　かんじょう　あらわ　けいようし
使用することができます。
しよう

使用樣態、視覺推量的「〜そうだ」、五感推量的「〜ようだ」時，即使是第三
人稱也可以使用「〜欲しい」、「〜たい」、「表現感情的形容詞」。

彼女はスマホが欲しいようだ
かのじょ　　　　　　ほ

欲しい
ほ

彼女はスマホが買いたいようだ
かのじょ　　　　　か

買いたい
か

彼女は嬉しそうだ
かのじょ　うれ

嬉しい
うれ

みなさん
こんにちは

日本語教師になるために、大学で日本語を専攻。4年間、日本語教育を学ぶ。

卒業証書

しかし、卒業後は一般企業に就職。

ドキドキ

4年半勤めた会社を退社し…

お世話になりました

ぺこり

辞表

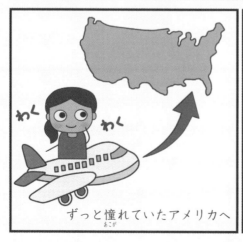

わくわく

ずっと憧れていたアメリカへ

そこで、この本のメインキャラクターである「黄さん」に出会い大親友となる。

意気投合！

黄さんの帰国に合わせ、台湾移住を決める！

台湾で日本語教師をすることにする。

しかし、中国語が全く上達しないため、うまく教えることができず苦しむ…。

どうしよう…

おちる vs おとす

中国語習得をあきらめ、簡単な日本語と「絵」を使って日本語を教える方法を思いつく！

それから12年間日本語を教え、日本語学習者向け雑誌の執筆もさせてもらう。

現在はアメリカ人の夫とともにアメリカに住んでいる。今までの経験を活かし、「絵」を使った文法書を作ることを夢見て日々奮闘中！

う～ん…

ブログとFBで「絵でわかる日本語」を公開中！

http://www.edewakaru.com
http://www.facebook.com/edewakaru/

日本語能力試験文法・自他動詞・間違えやすい単語などを「絵」で紹介しています！

漫畫版！錯誤中學習日語

2019 年（民 108） 4 月 1 日 第 1 版 第 1 刷 發行

定價 新台幣：280 元整

著　　者	バックホルツのいこ
發 行 人	林 駿 煌
發 行 所	大新書局
地　　址	台北市大安區 (106) 瑞安街 256 巷 16 號
電　　話	(02)2707-3232・2707-3838・2755-2468
傳　　真	(02)2701-1633・郵政劃撥：00173901
法律顧問	統新法律事務所
香港地區	香港聯合書刊物流有限公司
地　　址	香港新界大埔汀麗路 36 號 中華商務印刷大廈 3 字樓
電　　話	(852)2150-2100
傳　　真	(852)2810-4201